我与夕阳俱未老
壮心同在万山巅

李元洛

李元洛自书《咏南园》

夕钓早霞集

拖篁现碧为滚漾表
洗青山秋沉星轻已裂
鸣雷鸟衣飞新鹭抱
入憩樽 龙源水库

李元洛书 壬寅新春

李元洛自书《龙源水库》

李元洛自书《南园夜话》

李元洛自书《深山夜吟》

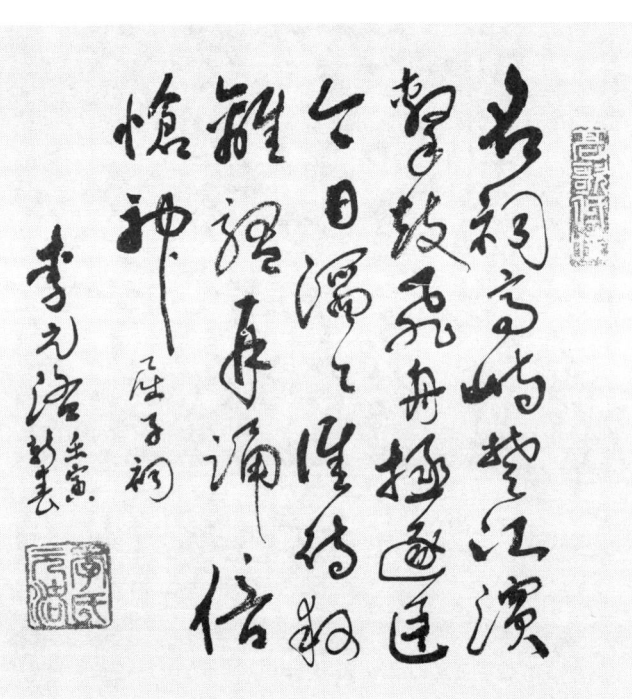

李元洛自书《屈子祠·其二》

李元洛自书《山塘垂钓》

根木千仞豈云高，衆山海蒼山四望，昇日光吞塵攘，明去芳望岑峰，揚上来　瞭望臺

李元洛　壬寅年

李元洛自书《瞭望台》

长城飞舞入云，柳丝万里来挥毫。青年无恙老夕阳，俱未老壮心同在，苍山如碑。

春晚登慕田峪长城

李元洛 壬寅

李元洛自书《春晚登慕田峪长城·其二》

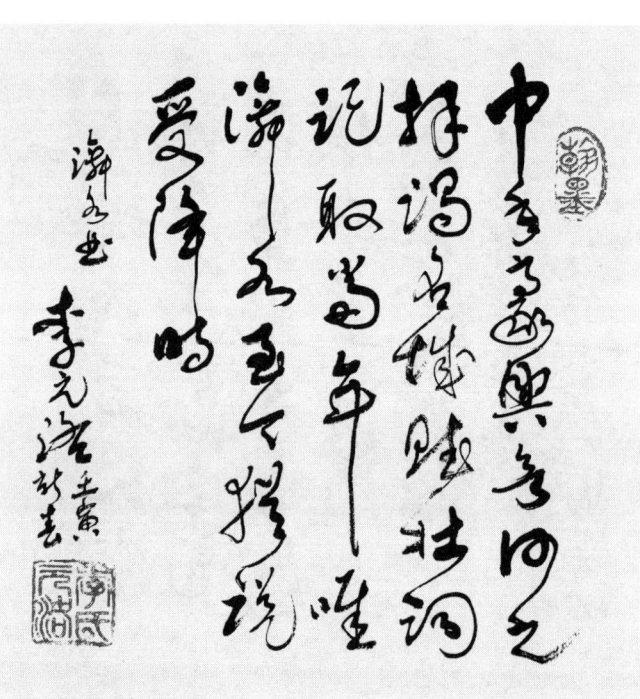

李元洛自书《潋水曲》

李元洛自书《春游梅溪湖·其二》

好詩詞

第二季

李元洛 著

夕彩早霞集

河北出版传媒集团
花山文艺出版社
河北·石家庄

偶为诗联，自成风景

◎ 蔡世平

为恩师李元洛先生大作《夕彩早霞集》作序，实不敢当，也颇感力不从心。但先生执意嘱托，推之难却，却之不恭。然从此书的出版似有我的一份小小推动这个角度，写点儿说明文字和学习体会文字，亦算是找到了一份理由与勇气。

十多年来我与李元洛先生交往频繁，老爷子从未有将其近体诗和楹联结集出版的想法。他觉得古典诗词光照百代，将自己的自娱之作出版不足以娱人。

对此，我有自己的看法与坚守。我读先生的绝句与对联，为其鲜活灵动的艺术思维与信手拈来、自出机杼的艺术表现所感动，深感这是当代旧体诗歌和楹联创作中具有示范性的作品，如能出版让更多的读者分享，是一桩好事，遂极力做老爷子的出书工作。几经反复，先生终于同意出版并着手整理作品。但因疫情影响，一晃又是几年过去，诚所谓好事多磨，这本让人耳目一新的李元洛当代绝句与楹联作品集《夕彩早霞集》，终于将与读者见面。

《夕彩早霞集》的特色有三。

一是诗歌楹联创作的诗性思维。

李元洛先生曾在其重要诗论长文《诗性思维的奇葩异卉》中，对"诗性思维"的性质、特点及对诗歌创作的重要性详为论述，他指出："诗性思维，是文学艺术创作中的一种重要思维方式，尤其对于诗歌创作，它更是一种不仅重要而且是主要的思维方式。对于审美主体而言，它是指诗人在审美活动与创作过程中，所表现出来的一种积淀了理性的高级心理感受能力。它的特征，其一是敏锐的直观性，即在刹那的视听之间，在没有逻辑推理与理性分析的首先参与之下，直接地感知、领悟和理解客观对象所包含的审美意蕴；其二是鲜活的意象性，在诗人继发的创造性的审美观照的心灵活动中，虽不能排除抽象的审美思索，但它始终是与鲜活的意象捕捉交融在一起，作为作品主体的意象经营，始终贯穿创作的全过程；其三是语言的审美性，对于汉语诗歌而言，汉语言文字绝不仅仅是工具与媒介，它就是诗歌作品本身，是作品最初也是最后的存在，同时，作为世界上最美丽的具有丰富的美学资源的汉语言文字，它本身就是诗作者的审美对象。因此，诗性思维的过程，就是对汉语之美的感知、发现和运用之妙在于一心的过程。"先生的绝句与联语创作就是这一理论的生动实践，限于篇幅，我不举例论证，读者应当看到集中的作品无一不是诗性思维的结晶。

二是历史史实与自然美、人情美的生动呈现。

"第二辑 忆往歌今"中的许多往事回忆，有的叫人不忍卒读，有的使人久久沉思。如《汉寿记忆》的"星斗花灯"，《青海之忆》的"杂面三团""粮票十斤"等历史现场细节描绘，唤醒的是一个民族的深沉记忆与对未来岁月的冷静思考。

诗人诗国神游，游历山水名胜，多具逸兴豪情，皆发奇思妙想，动人心魄。《登张家界》之"飞身直上三千丈，心在狂涛第一峰"，《山塘垂钓》之"白首山塘边上坐，一竿钓起是童年"，《南园四咏》之"恍若《聊斋》书里坐，只疑红袖叩门来"，《春晚登慕田峪长城》之"我与夕阳俱未老，壮心同在万山巅"等，花团锦簇，美不胜收，情景互见，天人交感，读之兴味盎然。

亲情友情，感人至深。"第三辑　交游赠答"中与四十多位文坛前辈、同辈、后辈的友情交往，对师者之尊、对同辈之重、对晚辈之爱，莫不自肺腑流出，格外感染人也格外感动人。这不是一般意义上的唱和之作，它的珍贵之处还在于留下了半个多世纪以来的某些文坛史料，应是书写当代中国文学史的一份有价值的参考文献。"第四辑　赠内伤逝"表达的是对夫人段缇萦女士刻骨铭心的情与爱。师母段缇萦是我的中学数学老师，二〇一六年仙逝于长沙，我参加了葬礼，更加感受到了这对患难夫妻的情和先生失去人生伴侣的痛。《伤逝》之"雷轰电击苍天暗，教我如何不想她""天长地久有时尽，教我如何不想她"，真是剧痛沉哀，一如古诗之《上邪》，有直击人心的艺术力量。

三是诗联合璧，美美互鉴。

我认为,对联是中国韵文不可忽视的形式之一，是中国诗歌长河中不可或缺的一条支流。因为"曲"

和"对联"都是在近体诗和词的基础上衍化而来的,都有平仄格律要求,且多方面地表现了社会生活和芸芸众生的思想情感,为广大百姓喜闻乐见。一直以来,曲是旧体诗的成员而对联(楹联)不是,这不公平也不合理。造成如此局面,主要是观念问题。不少人认为对联为小道,是俗文学,登不了大雅之堂。殊不知众多优秀的对联是中国文学长河中的瑰宝,写好对联并非易事。有的诗人作诗有模有样,但一写对联就不是那么回事了,一句联二句联还能对付,四句五句以上的长联就成问题了。

李元洛先生既喜诗也爱联,对联语可谓"情有别钟"。《夕彩早霞集》将诗与对联合为一集,这就在艺术上把对联与诗放在同等地位来对待,这是一种眼光也是一种气魄。本书中先生的对联,无论是两句联还是多句联,都既遵循严格的对联规则,又与时俱进。先生以当代语言与意象入联,新意迭出,让对联艺术焕发出时代光辉,这真是一件值得拍手称快的好事。读者只需集中读《端午新联》,即可从一斑而窥全豹。

李元洛先生是当代著名诗歌理论家和散文家,其《诗美学》《诗国神游——古典诗词现代读本》

《写给缪斯的情书——台港与海外新诗欣赏》《唐诗之旅》《宋词之旅》《元曲之旅》《清诗之旅》《绝唱千秋》等著作,自二十世纪八十年代出版以来,行销不衰,一版再版,在海峡两岸读者中产生了广泛持久的影响。先生乃文界天才,集灵气、逸气、豪气于一身,虽情动于衷不能自已时偶为诗联,也是自成风景,自生境界。他对最能体现诗性思维的与他性情相近的绝句情有独钟。他最出色的绝句继承古典的传统而在语言、意蕴方面有近乎新诗的艺术创造,是新文化运动以来传统诗词中绝句创作的可喜收获,如果时光倒流,置之唐宋绝句之林也应不会黯然失色。

先生曾对我说,中国古代最伟大的发明不是"四大发明",而是以汉语言铸造而成的以音韵美、凝练美、意境美为主要美学特征的中华诗词,诚哉斯言。先生以他对中华诗歌的信仰与热爱,以孜孜以求的研究创作精神和丰厚的学术创作成果,成为当代中华诗歌最重要的传承者与守护者之一。

2022 年 3 月 1 日于南园读书楼

目录

上编 绝句

第一辑　　游踪屐痕

登张家界 / 003

屈子祠 / 004

芷江颂 / 005

大围山诗草 / 007

幕阜山八咏 / 010

八大公山诗草 / 014

龙窖山十吟 / 018

乌镇行 / 022

南园四咏 / 024

春游梅溪湖 / 026

北游草 / 028

海龙囤 / 030

致衡山 / 032

西湖赏红白荷花 / 033

第二辑　　忆往歌今

垂钓 / 037
与夕阳对话 / 039
咏洞庭 / 040
儿时记忆 / 041
忆王甲本将军 / 043
汉寿记忆 / 046
青海之忆 / 048
雪花 / 051
棉花 / 053
登黄鹤楼眺大江有感 / 054
晚香 / 055
山居吟 / 056
长沙铜官窑诗 / 059
贺《名作欣赏》创刊四十周年 / 061

第三辑　　交游赠答

祭郑业皇师 / 065
怀赵家寰师 / 067
怀臧克家老先生 / 070
凤山镇怀郭小川 / 072
赠熊楚剑先生 / 074
赠丁芒兄 / 076

赠余光中兄 / 078

赠黄维樑兄 / 079

赠丁国成兄 / 081

赠解正德兄 / 083

赠贾宝泉君 / 086

赠管士光君 / 088

赠廉萍女史 / 089

赠浪波兄 / 090

赠陶文鹏兄 / 092

赠李元华 / 094

再赠李元华 / 096

赠高昌 / 098

李汝伦兄十周年祭 / 100

怀汝伦兼赠李经纶兄 / 102

赠李黎明君 / 104

赠吴艳红 / 106

赠建生 / 108

赠范亦豪兄 / 110

赠彭浩荡兄 / 112

赠惠民 / 114

赠瑞郴志萍伉俪 / 116

赠柳思维傅明玉伉俪 / 118

赠李如山女史 / 120

赠韩复华学棣 / 123

赠梅实 / 125

赠段华 / 126

赠余三定 / 127

赠孟芳 / 129

赠龚敏龙 / 130

赠刘绍英 / 132

题章雪芳所摄家乡塘头村美景 / 134

和章雪芳《高铁回乡即景》 / 135

赠娄珮蕾女史 / 136

题珮蕾小公子晗宇街舞故宫照 / 137

赠刘平女史 / 138

再赠刘平 / 139

赠马立明君 / 140

赠欧阳惠予 / 142

次韵何琼华《春游巴溪洲》 / 143

无题有赠 / 144

第四辑　　赠内伤逝

少年游赠内 / 149

赠内 / 152

伤逝 / 153

祭内 / 155

月湖忆内 / 159

五周年忆内 / 161

下编 对联

第五辑　　题赠之什

湖南郴州东江湖揖石轩联 / 165

岳阳楼新广场水榭联 / 166

端午新联 / 167

宜昌市三峡大学联 / 169

岳阳余三定南湖藏书楼联 / 170

北京小众书坊联 / 171

李斌小院联 / 172

湘阴蔡世平南园读书楼联 / 173

南岳衡山新建白云寺联 / 174

浙江桐乡市图书新馆联 / 175

赠上海罗达成君联 / 176

赠岳阳钟兴永君半书斋联 / 177

赠岳阳李辉模君联 / 178

长铁一中高考考场联 / 179

长铁一中六十周年校庆联 / 180

贺张勇耀君赴皖读博联 / 181

赠岳阳司小丽联 / 182

赠沈继安大河书院院门联 / 184

赠李梦溪女史联 / 185

第六辑　　园林之篇

山水缘 / 189
湖岛观 / 190
明湖阁 / 191
湖心亭 / 192
长廊 / 193
六角小亭 / 194
半亭 / 195
半喜亭 / 196
花水情 / 197
桃源居 / 198
美佳园 / 199
清华苑 / 200
水竹榭 / 201
养心斋 / 202
品茗馆 / 203
临池茶轩 / 204
花径 / 205
百花苑 / 206

第七辑　　吊挽之章

挽李汝伦兄 / 209
挽刘金声先生联 / 210

悼余光中兄联 / 211

挽流沙河兄联 / 212

悼香港作家陶然学弟联 / 213

挽熊楚剑兄联 / 214

后记 / 215

上编　绝句

第一辑

游　踪　屐　痕

001 — 033

登张家界

一

轻车直向雾云峰,赴约名山信已通。
犁破碧波千百里,披襟时快落花风。

二

浪涌连山到碧空,拍天声急我从容。
飞身直上三千丈,心在狂涛第一峰!

一九八〇年春

屈子祠

一

千年风范到如今,每唱《离骚》意不平。
又是龙舟争渡日,我招豪雨吊灵均。

二

名祠高峙楚江滨,击鼓飞舟拯逐臣。
今日滔滔谁待救?《离骚》再诵倍怆神。

一九八七年

芷江颂

湘西南之县城芷江,因屈子《九歌·湘夫人》有"沅有芷兮澧有兰"之句及潕水流经此地,故而得名。它之名闻中外并永铭史册,却是因其为中国抗日战争胜利受降地,时在一九四五年八月廿一日,次年,在城外潕水之旁建有"受降坊"。余去朝拜已是半个世纪之后的一九九〇年岁末,曾作《芷江行》一文以记,并赋诗二章。

芷江颂

岁末挥毫在芷江,千秋瞻仰受降坊。
坊高矗立云霄外,江水泱泱万古长。

溮水曲

中年豪兴欲何之？拜谒名城赋壮词。
记取当年唯溮水，至今犹说受降时。

一九九〇年岁末

大围山诗草

湖南省东北部之浏阳市，系山水名区，乃人文胜地。境内不唯有大围山、浏阳河等好山好水之瑰奇，更有谭嗣同、胡耀邦等人龙人杰之壮丽。庚寅盛夏，烁石蒸沙，予从别名"星城"之长沙避炎暑于大围山中，历时匝月，得山灵之厚赠，是为大围山诗草。

山溪问答

山溪何事出山忙？闻道风光在远方。
识尽人间千百态，始知山是好家乡。

山林民乐

晴朝鸟啭千簧脆,雨夜蛙擂万鼓鸣。
好个山林民乐队,为谁演奏到天明?

山神之赠

炎夏深山尽日行,夕阳催送返归程。
山神似也知人意,赠我黄鹂三两声。

山塘垂钓

儿时往事已如烟,倒计时中觅旧缘。
白首山塘边上坐,一竿钓起是童年!

山中读书

白头翁作少年郎,把卷吟哦日影长。
邀得山风来伴读,翻书时送万花香。

山与少年

此间曾历古冰川,山自巍然水自妍。
心花长逐山花发,我与青山共少年。

千秋石颂

近代风雷现代篇,人龙先烈与前贤。
大围山顶千秋石,一柱凌云欲补天!

遗失启事

寻幽匝月远星城,临去山溪送我行。
扯片白云书启事:归心遗失万山中。

二〇一〇年八月

幕阜山八咏

在湖南山之家族中,幕阜山名声显赫。它海拔一千六百来米,位于平江县境,地当湘、鄂、赣三省交界之处,东连庐山,西望洞庭,南通衡岳,北眺江夏。千峰接青叠翠,万壑瀑唱溪喧,实为旅游之洞天福地。壬辰酷暑,何草不黄?予小憩于山中之国家森林公园,山神助我,得八韵焉。

朝暮

石烁沙蒸草尽焦,烘炉天地总难逃。
如今两字都凉透:快读深山暮与朝。

清音

众鸟幽林合唱频,山溪长奏独弦新。
蜗居卡拉尘嚣里,洗耳清音何处寻?

空山

人喧车闹沸围城,夏日深林万籁宁。
寂寂空山谁剪破?关关好鸟二三声。

佳句

千古"清泉石上流",儿时佳句入囊收:
"苔生石上泉声细,风度林间鸟语柔。"①

听涛

蓝空如海日高晴,云朵飞来白浪生。
且上山巅舒望眼,天风吹我听涛声。

山宿

春样良宵水样风,天低几可抚星空。
直上高山山顶宿,喜将明月抱怀中。

山呼

群峰矗立不知名,依旧沙场秋点兵。
彭大将军②何处去?万山齐吼若雷鸣!

瞭望台

振衣千仞立高台,如海苍山四望开。
目光似网撒将去,万壑千峰捞上来!

二〇一二年八月

① 儿时所诵家父之作,全诗已不复记忆,仅此两句以存雪泥鸿爪也。
② 1928年,彭德怀于平江发动平江起义。长征途中,毛泽东致电彭德怀云:"山高路远坑深,大军纵横驰奔。谁敢横刀立马?唯我彭大将军!"

八大公山诗草

癸巳盛夏,天地洪炉,炎波如沸。应友人、作家罗长江之美意,予从长沙远遁于湘西北桑植县之国家级自然保护区八大公山,于此间之天平山原始森林接待站小憩。山神赠我以四围山色三面溪声两袖清风一肩明月。无以为报,谨答之以《八大公山诗草》。

原始林

吐雾吞云源万古,堆青叠翠上千寻。
仙居尘世今何觅?八大公山原始林。

芭茅溪

芭茅溪远未知名,藏在深山一美人。
流盼波光抛媚眼,清歌舞醉绿罗裙。

山月

夕阳退位暮云收,晚籁无声夜更幽。
惊艳登场新主角:一轮月涌万山头。

山晓

四山如墨黑沉沉,何物能量夜浅深?
只待雄鸡来领唱,声声啼出万峰金。

鸟鸣

美声合唱闹朝霞,百啭千啼送日斜。
免票山林音乐会,不知谁是指挥家?

雨后群山

雨洗群山百鸟吟，压青亮翠雾笼林。
夕照打翻调色碟，半山碧玉半山金。

山潭

一汪坦白映天穹，洗得岩花水底红。
莫是瑶台开宝盒，明珠掉落此山中？

山溪

翻作浪花书雪白，平铺素练写清纯。
远来幸有溪陪坐，好洗心头百斛尘。

山瀑

不甘碌碌日消磨，绝壁悬崖奈尔何？
纵身一跃风雷起，谱就深山壮士歌！

山径

小径高低复蜿蜒,山神派遣到人间。
相见殷勤怜我老,笑牵人上翠微巅。

清凉界

凛凛山溪夹岸流,清风来伴客人游。
魔术大师谁有此?能将酷夏变凉秋。

瞭望台

千山澎湃拍天去,万顷林涛撼地来。
不上八公山瞭望,目光如豆几曾开。

二〇一三年八月

龙窖山十吟

甲午盛夏,岳阳学生兼作家梅实邀余赴湘东北临湘市龙窖山,小住于梅池村之梅池山庄。此间不仅风物清嘉,湖山幽美,堪称万丈红尘中的一方清凉世界,熙熙攘攘人间之一处福地洞天,而且是瑶族祖先聚居繁衍之地,至今尚留诸多遗迹。余诗情不请自来,得十首以存焉。

龙源水库

拖蓝沉碧若沧溟,春洗青山秋洗星。
却恐烈风雷雨夜,老龙惊起入窗棂。

连山翠竹

嫩青浓翠拂云回,接岭连峰四面开。
栽在板桥诗画里,何时移到此山来?

青石寨

云封险寨万山间,断壁残垣记昔年。
千载谁传兴废事?只留溪水说潺湲。

瑶民古井

井匿荒烟蔓草间,石颜苍古护灵泉。
浣衣汲水人何在?留取清波证旧缘。

千年银杏

宋雨元风杏叶间,山神寿更不知年。
浮生得失何须问?日日莲花是好天。

梅池山庄(之一)

山庄藏在碧阴中,溪唱山歌鸟唱风。
更有一帧谁画得?芭蕉绿对夕阳红。

梅池山庄(之二)

淙淙溪水问池塘,楼影长还云影长?
岚翠四围来作客,翻墙穿户到山庄。

梅池山庄(之三)

山庄高处小楼台,云影岚光任剪裁。
最喜青山解人意,争先恐后赴亭来。

山村萤火

萤火虫系予儿时乡间玩伴,自入城嚣,尔来已七十年矣。今夕复见,回首前尘,恍如旧识也。

一盏萤灯暗复燃,豆棚瓜架忆从前。
感君觅觅寻寻意,远路飞来七十年!

深山夜吟

龙窖山中夜静村,敲诗独对一灯温。
相思寂寂无人到,唯有蛙声乱叫门。

二〇一四年八月

乌镇行

二〇一九年五月,余应邀去浙江桐乡"伯逵讲坛",主讲"古典诗歌四美"。乘便先游乌镇,饱餐水乡之胜,得诗四首。市图书馆讲座甫毕,应主人之嘱,口占《别桐乡》一绝书于题辞册,遂足成五章焉。

一

纵横水国若迷宫,五十桥梁乱彩虹。
夜半渔舟窗下过,桨声摇进梦魂中。

二

河干台榭接长廊,入夜华灯暗月光。
水镇翻为珍宝窟,明珠万斛任君量。

三

春波绿柳朝暾好,水榭楼台夕照红。
何必丹青方是画?游人出入画图中。

四

闻名已久水家乡,初赏何堪鬓发苍。
只怪昔人川上曰:逝波淘尽好时光!

五

风来云去两匆忙,明日桐乡万里长。
夜坐溪桥愁远别,月光湿透薄衣裳。

二〇一九年五月

南园四咏

己丑之年,时维九月,序属三秋。予偕友人、北京小说家野莽与湖南小说家聂鑫森,做客于词家蔡世平位于岳阳市内之别业"南园"。快谈数日,夜话联床,胜地方长,佳筵可再?谨赋四章以记此难重之会焉。

咏南园

清幽尘外小南园,春听花开夏听禅。
最喜冬梅秋桂夜,暗香浮到梦魂边。

南园夜话

心花开更舌花开,夜话南园酒数回。
恍若《聊斋》书里坐,只疑红袖叩门来。

南园听雨

绿荫深护小楼台,且有明窗几面开。
景助吟哦方展纸,芭蕉携雨入诗来。

南园赠世平

柳青池碧橘初红,藤蔓临窗袅绿风。
问君诗思清何许?都在泉声鸟语中。

二〇〇九年

春游梅溪湖

甲午早春之日,学生余三定君之学生何琼华,邀余偕内子缇萦游长沙市湘江西之梅溪湖。湖光山色,曲槛长堤,柳扬青眸,桃开笑靥,归时夕阳在天,亦复在水。予系初游,不知何时可再?谨赋四章,以记此薄游之雪泥鸿爪耳。

一

世间何物催人老?半是车轮半日轮。
春好梅溪湖畔去,耄年翻作少年人。

二

半世流光去绝踪,白头长忆少年红。
春华已逝藏何处?都在桃腮柳眼中!

三

青春作伴赏湖光,秋兴年偏春兴长。
欲去夕阳心未冷,依然红在水中央。

四

柳色花光正酿春,梅溪湖畔我初巡。
他年君到曾游处,记否青鞋第一痕?

二〇一四年

北游草

春晚登慕田峪长城

一

长城龙舞彩云高,搅得群山涌巨涛。
我且登临如破浪,飞龙邀我上重霄。

二

长城飞舞入云烟,千里来登耄耋年。
我与夕阳俱未老,壮心同在万山巅!

春游燕山下雁栖湖

一

湘山秋色雁湖春,北上南归万里程。
杨柳岸边频约我:何时来钓水中云?

二

曾经沧海难为水,别后相思是此湖?
鸿雁好传云外信,江南蓟北两相呼。

二〇一四年

海龙囤

　　海龙囤，又名龙岩屯，位于贵州省遵义市北之龙岩山，悬崖峭壁，地绝天险。自唐末即为杨氏土司世袭统治。南宋宝祐五年（1257），朝廷为防御蒙古大军由云南东进伐宋，乃命土司杨文选于此构筑军事城堡。明代万历廿一年（1593），杨氏二十九代土司杨应龙又复扩建关隘。卧榻之侧，岂容他人鼾睡？明廷遂以"叛逆"之名将其攻灭。因遵义市一带原名播州，故史称"播州之役"。二〇〇四年四月，应贵阳诗人李发模之邀，予与小说家聂鑫森、野莽、阿成、刘恪及书画家马立明诸君偕行，履此绝域，作《古堡夕阳》一文，并得诗二首。

一

海龙囤险镇青空,飞鸟腾猿逾不能。
八百年光弹指过,山崖犹见血花红。

二

恍如鬼斧并神工,深堑高墙卅代功。
雄图帝业今何在?都付残垣夕照中!

　　　　　　　　　　　　二〇〇四年

致衡山

三十年前初游南岳,登绝顶祝融峰,作《南岳峰高》一文,以申后会之约。三十年后旧地重来,筋力已衰,徒然策杖而望岳兴叹也。

南岳峰高证旧缘,两情相悦卅年前。
老去欲登登不了,心随飞鸟到山巅!

二〇一三年

西湖赏红白荷花

满湖翠袖舞娉婷,娇白嫣红笑语盈。
无那南风薰似酒,红荷酣醉白荷醒。

二〇一二年

第二辑

忆 往 歌 今

035 — 061

垂钓

一

世外桃源何处经?江湖满地钓竿横。
人间多少垂纶客,歪钓权钱邪钓名。

二

远去春郊野水滨,劳人今始作闲人。
柳荫撑起遮阳伞,半钓青天半钓云。

三

少年溪畔钓春光,曾信人间日月长。
倏忽浮生谁钓尽?白头觅句钓三章。

一九八七年草
二〇一五年改定

与夕阳对话

朝暾初上万金光,少壮乘时欲奋扬。
今与夕阳相对笑,人天何必叹苍茫!

二〇〇五年

咏洞庭①

范相文章北斗高,杜公诗得凤凰毛。
洞庭借我新台砚,好写胸中万古潮!

二〇〇六年

①经蔡君世平传达美意盛情,此诗应戏剧名家吴傲君之邀而撰,现刻石于岳阳楼下洞庭湖边,为诗碑长廊的石碑之一。

儿时记忆

二十世纪四十年代之初，我初谙人事，随父母小住于宁乡县（今宁乡市）之火龙洲，其地为叔外公陶峙岳将军之祖居，也是我人生记忆的最早源头。以下所挽留者，乃源头几片隐约的波光，依稀之旧影。

一

娘呼晚饭倚门墙，父钓溪河夕照黄。
当日牵衣今白首，呼声犹听旧时长。

二

镕金落日浅河中，随父凌波尚幼童。
最忆鱼竿挥动处，竿竿钓得晚霞红。

三

提灯巡夜小光明,飞去飞来萤火虫。
瓜架豆棚多少梦,别来唯向梦中逢。

四

乡村夏晚足蚊虫,兄弟横陈大帐中。
犹记夜深声悄悄,慈亲来探一灯红。

五

儿时喜去外婆庄,曲曲弯弯村路长。
垂老蓦然回首处,犹闻溪畔豆花香。

二〇一五年

忆王甲本将军

王甲本（一九〇一至一九四四），云南省曲靖市富源县人，北伐将领，国民革命军第七十九军中将军长。中国抗日正面战场会战二十二次，他亲历九次，包括长沙会战。一九四四年，他所率军部于东安县与日军仓促遭遇，壮烈成仁。二〇一四年九月，其名列民政部公布的第一批三百名著名抗日英烈与英雄群体名录，永州市将其墓地列为市级文物保护单位。

予儿时住宁乡县（今宁乡市）火龙洲，系陶峙岳将军故居，其时王甲本将军军部驻扎于此。予虽幼不更事，但与他多有接触而印象殊深，尤其是部队在门外大禾坪开拔奔赴前线之情景，恍如昨日。回首当年，感而有赋。

一

戎装阵发大禾塘,号烈旗红向远方。
幼小已知烽火事,心随目送到苍茫。

二

儿时曾住火龙洲,犹记将军笑语柔。
云南国士湖南死,刺刀喷血写春秋。

三

青年慷慨赋从军,还我河山百战功。
世事无常人事舛,地天何处可招魂?

四

壮岁英雄竟殒亡,寒烟冻雨吊坟荒。
盖棺未定终须定,祭奠今朝慰国殇!

二〇一六年

汉寿记忆

抗日战争中，余全家离开长沙流亡湘西等地，一九四四年岁末，辗转到达洞庭湖南畔之汉寿，即元末明初诗人唐温如《题龙阳县青草湖》之龙阳，其时余读初小二年级。翌年八月十五日日寇投降的消息传来，全城百姓和中小学生提灯游行三日，鞭炮声日夜不绝。家父李伏波先生作《喜闻日寇投降》七绝："声声爆竹沸湖城，闻缚苍龙喜不胜。扶醉还来窗际立，错将星斗当花灯！"因公路不通，全家随后从水路返回故里长沙。余虽少不更事，但躬逢其盛，记忆至今犹新。五十年后曾旧地重来，觅迹寻踪，重温往事，八十岁时作《汉寿记忆》三章。

一

青砖小巷久徘徊,旧识门墙待细猜。
恍惚迷藏曾捉处,童年玩伴蹦将来。

二

苍生欢庆日重明,万盏灯笼绕郭行。
犹记家严诗妙语:"错将星斗当花灯!"

三

儿时避寇走天涯,觅得枝栖暂作家。
最喜欢歌秋水碧,橹声摇梦返长沙。

二〇一六年

青海之忆

一九六〇年八月,余毕业于北京师范大学中文系,远谪君不见之青海头。车行辗转三日,于黄昏到达西宁,晚餐并夜宿于湟水之滨的市政府招待所。河水汤汤,月光皎皎,异地新来,终生难忘。是时正值三年困难时期,余在青海西宁一中工作两年,艰苦备尝之矣,但课余仍肃肃宵征,读写不辍。近四十年后之一九九九年余偕内子缇萦旧地重游,曾作散文《青海青》以记新游旧事,收入拙著《唐诗之旅》。四十年后至今复二十载,谨作《青海之忆》五章,以志六十年前之逝水流光也。

一

犹忆流光六十年,黄昏始至大河源。
枕边一夜涛声急,捣碎乡愁到晓天。

二

无油野菜黑初尝,杂面三团小又黄。
辗转寒宵人不寐,惟斟月色慰饥肠。

三

饥肠辘辘几时休,冬去春来夏复秋。
只恨魔方无觅处,石头怎得变馒头?

四

恋人寄票十斤粮,岳父邮来炒面香。
粮票被偷邮被截,空将痛泪对冥苍。

五

悲歌不作等闲吟,健笔挑灯测夜深。
我正少年途正远,高歌一曲到如今!

二〇二〇年六月于长沙

附:大学同窗好友王传业《元洛兄〈青海之忆〉原韵奉和》

握别京华六十年,思情常伴五更寒。
高山流水翻新调,重整琵琶为尔弹。

雪花

一

飞入唐风宋韵心,休言飘落少人吟。
寻踪早在诗经里,万户千门唱到今。

二

未同芍药闹春风,不羡桃花火一蓬。
铺白禾田迎稔岁,雪花香在稻花中。

三

开遍山巅与水涯,一尘不染白无瑕。
纵然不入群芳谱,自是人间第一花。

四

繁华不爱爱清霜,休共群花论短长。
只恐红尘污皓白,凌空独舞满天香。

二〇一六年

棉花

百卉千花酿好春,群芳谱里姓无闻。
一朝萧瑟秋风起,送暖嘘寒只有君。

二〇一六年

登黄鹤楼眺大江有感

登楼独上眺溟蒙,鸟去云来万古同。
世间加减乘除事,淘尽江声浩荡中。

二〇一六年

晚香

花展早春开幕后,群花争艳斗芬芳。
年终幕落谁堪重?冬桂凌寒送晚香。

二〇一九年

山居吟

山乐

挥手城嚣别有天,青峰割断旧尘缘。
山神赠我轻音乐:鸟奏山歌水奏弦。

山眺

赴海江流万古同,云山千载写空濛。
人间得失荣枯事,尽在高峰眺望中。

山夜

山深寂静虫鸣破,点亮星光夜幕开。
风戏竹枝窗影俏,月轮如友远方来。

山行

娇黄嫩白闹新晴,夹道山花相送迎。
造化丹青方是画,此身正在画中行。

山供

采得山花白似银,香消玉殒会怆神。
携来松下窗前供,相对晨昏若故人。

山鸟

如墨群山化不开,黑甜乡里梦初回。
鸟声啄破窗间纸,漏进朦胧曙色来。

山吟

晨起吟诗兴正浓,花间树上鸟歌风。
鸟声更比诗声好,挑两三声入句中。

山忆

长日相从共晓昏,一朝别后各伤神。
山灵忆我来无路,我忆山灵托梦魂。

二〇一五年至二〇一六年

长沙铜官窑诗

　　铜官窑为唐代烧瓷窑址，地处长沙市望城区，濒临湘江。二十世纪七十年代末经初步发掘，其瓷器上烧烙有唐代著名诗人及民间无名氏之诗，经整理千年劫后遗存，得诗七十余首，诗瓷残片甚多，震惊中外。萧湘为资深考古学家，长沙市文物考古工作队队长，首参其役，亲理其事，作有《唐代长沙铜官窑址调查》一文，刊于《考古学报》一九八〇年第一期，并出版有关研究专著《唐诗的弃儿》《人间唐诗》。

一

烧乱红星舞紫烟，铜官窑火大江边。
悠悠往事逾千载，犹听涛声说昔年。

二

当时妙曲动山川,埋没重泉几许年。
不死歌谣今出土,金声玉振付新弦。

三

千年幽隔庆重光,绝代遗珠字字香。
身世探寻谁管领？潇湘国里有萧湘。

二〇二〇年五月

贺《名作欣赏》创刊四十周年

星光灿烂锦云篇,纵贯横通四十年。
入海黄河歌浩荡,高旌高舞晋高原!

二〇二〇年八月

第三辑

交游赠答

063 — 145

祭郑业皇师

一九四八年至一九四九年,予读初一于长沙东乡达德中学,国文课授业者,为燕京大学国文系毕业青衫一袭之郑业皇师。郑师教古诗文强调吟诵与背诵,故不少篇章今日予仍记诵不忘。别后六十八载不复相见,今年始知先生墓庐在石园故里,清明节雨中登山,诵焚悼文《石园花好永芬芳》以祭。

一

桃花竞放李花开,长忆春风拂讲台。
六八年光如电闪,青衫一袭眼前来。

二

风逐浮萍浪逐沙,学堂门外各天涯。
青山远路来寻拜,少小门生鬓已华。

三

石园花好永芬芳,诵得先生姓字香。
欲寄焚邮泉路杳,墓碑无语立苍茫!

二〇一五年于长沙

怀赵家寰师

赵家寰师,清末翰林、铁面御史赵启霖之子,二十世纪三十年代毕业于武汉大学中文系,系予五十年代中期就读于湖南省第一师范之语文恩师。予酷爱文学而远数理化,因三科不及格而留级一年,复读后仍不及格。校长周世钊于全校大会宣布给予开除警告处分,但仍可补考,如三科有一科及格,则可升级。家寰师对数学老师刘国龙先生说予"是可造的文学之才,开除可惜",恳请他赐给及格分数。予行将灭顶之时始得以苦海逃生,勉强升级。一九五六年毕业,欣逢千载难逢之机缘,师范生可报考高等师范院校并免考数学。予虽三科仍不及格,却以三个志愿填写同一学校而录取于北京师范大学中文系。家寰师曾在予作文卷上批曰:"祈有大成而非小成,望你努力!"恩同再造,没齿难忘。追维往事,恭进四章献于恩师在天之灵。

一

当年几已逐门墙，没顶泅徒四顾茫。
幸得家寰师拯救，递来稻草出汪洋。

二

国中遍地大饥荒，青海当年饿断肠。
留得湟鱼驰万里，回乡愧送我师尝。①

三

龙卷风来天尽墨，斯文扫地欲言难。
恓惶漏夜趋庭拜，携手相看烛泪寒。②

四

深知身在情长在,敬祭千言已不闻。③
秋夜春朝余一息,月辉花影吊师魂!

二〇二〇年五月

①一九六〇年大学毕业后予远放青海,适逢三年困难时期,饥寒交迫,得青海湖湟鱼四条,寒假带回长沙面贡我师。杜甫《病马》云:"物微意不浅。"读来惶愧久之!

②二十世纪六十年代中予在湘阴县一中教书,担心师之安危,曾专程去湖南省第一师范学校探望,适逢师受罚于走廊扫地。我急趋前鞠躬并称"老师",他漠然以对:"不要叫我老师,我不是你的老师!"是夜,我寻到恩师住所叩望请安。相对难言,怆然而别。

③李商隐《暮秋独游曲江》:"深知身在情长在,怅望江头江水声。"恩师生前,予曾作《师恩难忘》一文,刊于《湖南教育》与香港《文汇报》以献,而今垂垂老矣,不良于行,无法再去恩师墓地祭拜,唯一息尚存,则不忘师恩也!

怀臧克家老先生

一九八〇年于京城东城赵堂子胡同十五号，予初谒臧克家老先生。臧老热情接待，交谈良久，忽问予"贵姓"，我起身以答，他竟也立即起立，和我双手紧握，说："你就是李元洛，我找你好久了！……"此情此景此言，他在为拙著《楚诗词艺术欣赏》所作序言中曾亲为详记。尔后予到京城，必趋庭拜望，他赐我之书信，也约有百通，其中多所奖誉与鼓励。臧老在生时，我曾撰《老树春深更著花》一文以记。臧老二〇〇四年仙逝，我曾作《此情可待成追忆》一文以悼。抚今思昔，谨赋芜章三首，以志永怀。

一

先生真是性情人，一见区区好语频。
谁道书生空两袖？彩笺百道胜黄金。

二

京东赵姓小胡同,霁月光风数谒公。
最是令人回首处,频频挥手夕阳中。①

三

先生当日对余言,预约人间百二年。②
虽是未酬为白寿,诗篇长在寿同天!

二〇二〇年六月

①去京拜望臧老,快谈之余,他每次都要送到小院大门口,频频挥手,直到行人远去。
②臧老曾多次对余笑言要活一百二十岁,但他生于一九〇五年,仙逝于二〇〇四年,享年九十九岁,为我国习称之"白寿"。然其不朽之杰出诗篇,则长留天地之间,与天地同寿矣。

凤山镇怀郭小川

一九六〇年余大学毕业任教青海西宁一中，于饥寒交迫中作《〈将军三部曲〉的人物形象与艺术特色》一文，一九六二年调至湖南湘阴一中后，发表于《解放军文艺》第十一期。当年蒙郭小川回信并赐以诗集数种，信中有"有志者事竟成，望你努力"之语，余奉之为座右铭。"文革"中余流落在洞庭湖畔一农村中学，一九七二年曾与小川通信两次，以后音信杳然。打倒"四人帮"不久，遽闻小川于斗转星移之前夕不幸逝世于安阳，时年五十七岁。事出意外，余惊愕而怆然久之！一九八一年，余之《诗卷长留天地间——论郭小川的诗》由人民文学出版社印出。一九八二年秋，"郭小川诗歌学术研讨会"在河北承德召开，余得以去丰宁满族自治县凤山镇拜谒小川故居，得诗三首以志永怀！

一

绝代风华郭小川,凤凰飞自凤山间。
我来寻访君何在?犹听高鸣入九天。

二

缘悭一面恨难逢,车到丰宁更忆公。
当日哄传《三部曲》,至今人唱《望星空》①。

三

洞庭湖畔听洪钟,烟火安阳上远穹。
环顾骚坛怀国士,诗才人品仰高风!

一九八二年

① 《三部曲》指郭小川之叙事长诗《将军三部曲》,《望星空》为郭小川一九五九年所写抒情诗名作。

赠熊楚剑先生

二十世纪四十年代末,熊楚剑先生求学于湖南省第一师范期间,即于报刊发表不少小说与散文,后因工作需要而从政,颇具政声,清名远播。

一九七二年,时任岳阳地区教育局局长之熊楚剑先生,从岳阳至湘阴县城中小学听课,后乘船六十里远赴白马寺,复步行五华里莅临洞庭湖一隅之湘阴二中。过午未餐,即径行于教导处查看课表。因缘际会,他选听余之语文课后,除在学校及其他场合大力表扬,并排除重重阻力,先后下达两次调令,历时二载,终将余调至岳阳师专,即今日之湖南理工学院。此乃余人生道路的重大转折点,先生之德,山高水长,受惠毋忘,终生铭感!

一

长忆当年六月初,视巡远至洞庭隅。
赖君一捧汪洋水,活我穷途涸辙鱼。

二

非是青钱万选才,幸蒙青眼对予开。
砚台磨出文华卷,为报先生大德来。

三

年少曾驰翰墨林,冠缨清正播嘉声。
祝君白寿而茶寿,柏翠松青早订盟。

二〇二〇年四月

赠丁芒兄

丁芒，原名陈炎，当代新旧体兼胜之杰出诗人、散文家、书法家，余之好友与兄长。一九二五年生于江苏南通，一九四六年三月参加新四军，易名丁芒，诗人流沙河后来曾释义为"入木为丁，脱颖为芒"。壮岁历经坎坷，晚年有《丁芒文集》六百余万言问世。丁芒兄任职于江苏文艺出版社时，嘱予著《诗美学》，收入该社美学丛书系列。五十余万言之该书于一九八七年余知天命之年出版后，旋即由台湾三民书局多次印行，二〇一六年，复由人民文学出版社发行修订新版。饮水思源，不忘我敬称与昵称之"芒哥"也。

一

弱冠从戎听晓钟，《军中吟草》气如虹。
何期壮岁多蹉跌，辗转江湖百劫中。

二

岳阳楼畔欣初见,屈子祠中喜共游。
旧体新诗霹雳手,开弓射得两千秋。

三

五十岁成《诗美学》,君言逐日尚非迟。
砚池夜夜量深浅,探得霞光破晓时。

四

历劫归来意兴扬,龙蛇飞舞笔如狂。
今朝白首无多憾,诗赋丁当句有芒!

二〇二〇年五月

赠余光中兄①

应怜东渡少年时，故国山河系梦思。
今日珠玑惊宇内，中华诗史铸新辞。

一九八四年

① 予一九八二年在《名作欣赏》发表《海外游子的恋歌》一文，这是大陆首次刊发评介余光中之《乡愁》《乡愁四韵》。随即和其时在香港中文大学任教的余光中取得联系，并在黄维樑兄之鼎助下，于一九八五年八月与即将返台的他相见并送行。一九八四年，我曾作上述之诗相赠，后复作《隔海的缪斯——论台湾诗人余光中的诗艺》，一九八七年刊于北京之《文学评论》，肯定其名其作必将铭诸中华诗史与散文史。二〇〇五年，余光中兄贻我以《楚人赠砚记——寄长沙李元洛》，可视为此诗与评文二十年后之袅袅回音。

赠黄维樑兄

因余光中先生介绍，予与原香港中文大学教授黄维樑君于一九八二年开始通信。一九八四年八月，维樑有京华之旅，恰逢予旅居于友人杨桂欣家，地在西单达智胡同二十四号，为一曲巷迂回有如迷宫的众生聚居之旧时大院。维樑于夜色中寻寻觅觅，居然破译谜团而与我于灯下第一次握手。他为人纯厚，乐于助人，学贯中西，著作丰硕，我平生得其鼎助多矣。二〇一六年三月，予年近八十，学生余三定等人在长沙筹会为寿，维樑专程也专诚从深圳赶来致贺，并发表热情精彩之讲演。短聚三日复言长别，抚今追昔，此情如香江亦如湘江波远流长，谨作三绝句以志焉。

一

京城初见两飞蓬,百觅千寻陌巷中。
三十五年何处去?至今犹忆夜灯红。

二

三朝短聚长年别,夜话窥窗落月斜。
风雨不堪挥手处,车轮一转即天涯。

三

人海相知数十年,此情长在岂如烟?
香江楚水双公证:预约他生未了缘!

二〇一六年三月

赠丁国成兄

丁国成兄,当代诗评家、编辑家,原《诗刊》与《中华诗词》常务副主编,中华诗词学会副会长。著有诗论集《古今诗坛》《吟边谈艺》《诗法臆说》等多部,主编《中华诗歌精粹》(上下册)等古典诗歌选集多种。从二十世纪七十年代末期起,他即连续在《诗刊》刊发予之诗评诗论文字,退休后于《中华诗词》任上时亦复如此。数十年对予青睐有加,多所匡助,道义至交,文字良友,此之谓也。

一

少壮交游老大清,乘除加减若晨星。
莫愁肝胆无从诉,照我朝光有国成。

二

京华湘楚隔云天,惠我春风四十年。
临歧不用频回首①,今生已结后生缘。

二〇一四年

①我与国成于武汉参加文学会议,会后他北返京华,我南去潇湘,在高铁车站握别后双方均频频回首。

赠解正德兄

解正德君,为人憨厚,品性淳良,曾任山西省享誉海内外之名刊《名作欣赏》主编,与予订交四十年之挚友也。大陆最先评介余光中之《乡愁》《乡愁四韵》之拙文,见于该刊一九八二年第六期。一九九三年予偕内子缇萦及外孙豆豆赴晋,正德全程接待,陪游晋祠,并坐罗马假日旅游公司塞人一车的敝旧中巴,于黄昏时颠簸至五台山,疲乏之至的两家六口临时挤居一室,我曾作《客舍并州》一文记此胜游,见于拙著《唐诗之旅》。二〇〇〇年十月初,武昌桂子山华中师大举办"余光中暨香港沙田文学国际学术研讨会",我们于千树桂花的清香中重逢,尔来又已廿年不复相见矣。谨赋四章以记前尘旧梦、昔谊今情。

一

首介《乡愁》四十春,曾经握手太原晨。
分飞莫道天涯远,认取名祠旧履痕。

二

美名罗马苦奔驰,到得名山日已迟。
巡夜山神应诧问:鼾声满室破窗时。

三

黛螺顶上庙庄严,古柏长松岁几千?
袅袅炉烟前合影,年轮录记此良缘。

四

人生何处不相逢？秋夜山头月满盅。
地北天南分袂后，相思长在桂香中。

二〇二〇五月

赠贾宝泉君

贾宝泉君,散文家,散文理论家,曾任天津《散文》月刊主编。二十世纪九十年代之初,余欲由诗论评转身散文创作,年过五十矣,拔笔四顾心茫然之际,忽接素不相识之贾君的约稿函,大喜过望。十年中多蒙嘉许,余遂致力于"诗文化散文"写作,一发而不可收焉。犹记曾同游赤壁,高咏曹操与苏轼之章,恍如昨日。去岁苦觅天津古籍社所出《平仄两读字诗词例释(上下)》而不获,只得求援于宝泉,他电话转询并亲至出版社,终得发行部负责人之助从该社库存中寻得寄我。人生已老而友谊长青,君子之交,寸心铭感!

一

别恋移情换砚田,那堪人已过中年。
感君济我长流水,素昧平生贾宝泉。

二

同游把袂大江春，赤壁高歌动鬼神。
别后方知山水远，屡劳魂梦到天津。

三

佳编遍觅尽成空，无奈相询望眼中。
两卷忽从云外落，捧书长似捧春风。

二〇二一年一月

赠管士光君[1]

三年衣袖有余香,西子湖边识士光。
巴陵山水同游后,惟恐相思万里长。

二○一四年五月廿日于巴陵旅次

[1] 管士光兄,人民文学出版社原总编辑,余与他相识于浙江杭州"《骆寒超诗学文集》首发式暨研讨会"上。素昧平生,且系初识,却慨允余将一九八七年在江苏文艺出版社出版之《诗美学》修订后,由该社印行。余在一家出版社到期之《绝句之旅》一书,管兄也一并在该社新印,易名《彩笔昔曾干气象——绝句之旅》。出版家之胸襟气度,此之谓也,萍水相逢青睐有加,余得此出乎常情也出乎意料的厚遇,感慨系之亦感激莫名!

赠廉萍女史

廉萍编审女史,北京大学毕业之古典文学博士也,于人民文学出版社工作有年,业余研究《红楼梦》,复师从扬之水先生研考文物,著述甚多。余之《诗美学》《绝句之旅》由她责编。因余不会电脑,纯系手工操作,修订之书稿远非出版社普遍要求之"齐清定"而近于一团乱麻,幸得廉萍女史不惮琐屑烦劳,费时旷日,令余铭感五中。秀才人情,谨赠一绝。

廉萍博士姓名香,才笔生花字有光。
织女机丝虚夜月,谢君新作嫁衣裳。

二〇一四年五月

赠浪波兄

浪波,原名潘培铭,当代河北名诗人也。为人敦厚,著作丰赡,任河北省文联主席多年。我们相识于二十余年前,虽山长水远,却颇为投缘,余曾作《七分刚健三分娇柔的歌手》一文评介他的诗作。二〇一七年,余先赠诗一首,蒙他作答,并赠寄"苏烟"一条,余戏赠一绝,复承其唱和,不意隔年二月他却不幸遽然去世。谨录拙作及其和诗,以志雪泥鸿爪之迹,人天永隔之伤。

一

河名从小识滹沱,燕赵多闻慷慨歌。
老去涛声来冀北,江南遥望浪掀波。

二

初逢二十四年前,夜话南通续管弦。
四卷高文今捧诵,相思并未化苏烟。

附:浪波《和元洛兄》

一

三间茅屋傍滹沱,避世难为趋世歌。
偶有小诗娱小我,涓涓不似旧时波。

二

俗云烟酒不分家,情系诗缘感岁华。
湘水滹沱劳怅望,苏烟一缕笔生花!

二〇一七年五月

赠陶文鹏兄

陶文鹏君，中国社会科学院研究生院教授，博士生导师，《文学遗产》原主编，古典诗歌暨古典诗学研究专家。余与其未识时，他即在余冠英、陶文鹏、韦凤娟主编之《中国古代山水诗鉴赏辞典》及《陶文鹏说宋诗》中，均援引拙文，美为褒奖，君子乐言人善，令人感念无已。二〇一七年九月，拙著《诗美学》（修订版）研讨会在京华举行，始得万人丛中一握手，蒙赐教言并校正拙书之手稿数页，古道热肠，高情厚谊，余为之铭感五内。回长沙后赠七绝二首略表秀才人情，文鹏兄答以七律华章，此之谓抛砖而得玉也！

一

陶李缘长一线牵，文名灌耳识君先。①
鹏飞击水三千里，令我南滇望九天。

二

京华握手识君迟,楚水燕山喜论诗。
数页手书萦远忆,江南秋雨夜来时。

附:陶文鹏《赠元洛诗兄》

我居北海君湘浦,卅载神交喜结缘。
研讨宏精诗美学,恍游森秀武陵源。
亲贻书扇情为炽,高诵离骚气压山。
临别依依言不尽,凝眸远送雁飞南。

二〇一七年十月

①陶李文缘见之小序。家慈姓陶名暄,湖南宁乡之高门望族也,文鹏兄亦陶姓,倍感亲切。

赠李元华

李元华,当代歌剧与京剧著名表演艺术家,古典诗词歌唱家,文化部优秀专家,中央歌舞剧院一级演员,曾任中国文联艺术家演出团团长。余有缘初于福建龙岩聆听其演唱古典诗词,复于北京重赏,其声也,珠圆玉润,响遏行云,余音绕梁而真个三日不绝。陆凯《赠范晔》诗云:"江南无所有,聊赠一枝春。"余谨赋七绝三章以赠,收入拙著《唐诗分类品赏》之《艺术篇·音乐》,以及中国书籍出版社《诗词作伴2022》中。

一

东南初见李元华,一袭红妆亮早霞。
秋夜高歌辛弃疾,惊飞星雨落天花。

二

尘寰岂有碧瑶音？作客京城喜再闻。
春色一年才一度，元华一曲四时春。

三

五百年前是一家，芳名高姓李元华。
姓名相近天涯远，春到江南寄给她。

二〇一七年

再赠李元华

二〇一九年暮春三月之某夜，忽接李元华女史微信，云已至长沙，邀予次日晚去位于湘江与浏阳河交汇之处的市音乐厅，观其演出。是夜月光如水，清风徐来，适逢学生、名词人蔡世平自京返湘，乃联袂前往。元华为诗词音乐会之主角，依旧载歌载舞，仍然光彩照人，其中有李白诗《静夜思》之清唱焉，欣然赋二诗以再赠。

一

北国江南万里长，春风迎客月登场。
清音妙曲今重听，字字如金句句香。

二

兰蕙元华姓字芳,清歌昔听九回肠。
何期江畔潇湘夜,唱亮唐朝明月光!

二〇一九年四月

赠高昌

高昌是一千多年前的唐代西域古国,这一国名令人印象弥深。当代诗人高昌,我却是初识于河北承德避暑山庄的大门之外,由丁国成兄介绍,其时我们均因忝列"纪念当代杰出诗人郭小川诞生九十周年学术研讨会"而聚会于斯。高昌君是新诗与旧体诗兼胜之两栖诗人,成果丰硕,现为中华诗词学会副会长,《中华诗词》杂志主编。他为人淳良厚道,乃当世少见之谦谦君子,二〇〇九年于承德一见如故后,我们多有文字之往还。谨将赠答之诗记录于此,以志江海长留之良缘也。

缘诗塞外识高昌,北地风华翰墨香。
楚水燕山一握手,山何磅礴水何长!

附：高昌《生查子·呈元洛师》

洛老松筠姿,骨格坚贞质。知遇南风薰,心拟明霞赤。

湘水共清澄,岳麓铭高忆。一路好声音,幸在先生侧。

二〇一九年

李汝伦兄十周年祭

当代诗词大家、杂文高手李汝伦兄,艰苦备尝而不改儒风侠骨,命途多舛而依旧胜概豪情。一九八九年余在巴陵诗会初识,继而同游屈子祠与湖北蒲圻赤壁,两情莫逆,遂订交焉。余曾有《赤壁行》《隔江便是屈子祠》二文以记,并曾作《秋水为神玉为骨》一文论其诗词,他来信云读之"潸然泪下"。三十年情同手足,声息相通,二〇一〇年汝伦兄遽尔仙逝,怆望南天,心痛如割,曾书挽联以悼。逝者如斯夫,忽忽十年,谨作三章以祭。

一

初会巴陵情胜火,再游赤壁气凌云。
苍茫天地人如海,幸识吾兄李汝伦。

二

握手人间三十年,随风咳唾忆从前。
诗文双胜真肝胆,秋水为神玉作笺。

三

玉箫声断十年前,圆缺阴晴自昔传。
但有兄如天上月,十年月月月常圆!

二〇〇〇年

怀汝伦兼赠李经纶兄

当代诗词大家李汝伦兄，余之良友与畏友也，生前曾有读拙著《唐诗之旅》之作相赠，多所褒扬勉励，逝后归葬于吉林扶余故里，地在白山黑水之间。李经纶兄，岭南之驰誉国中诗词名家也，亦系汝伦兄之挚友，我数年前于纸上相识而一见如故，又因二兄的姓相同而名近似，冥冥中更觉有缘，遂为天涯比邻之知己矣。余赠经纶兄此诗，蒙他赐和，谨一并录之于下，以铭此难得的文谊与诗缘。

汝伦诗赠岭南春，远去天堂我怆神。
幸得新知如伯仲，诗家高手李经纶。

附：李经纶《依原韵敬和元洛兄》

几回愧煞李经纶,元洛兄台厚我真。
怅望白山云尽处,松涛絮语慰征人。

二〇二〇年五月

赠李黎明君

李黎明君,湖南郴州人氏,二十多年前毕业于湖南师范大学中文系。我们偶然相识,后不知其所往,一日他忽从北京来信言已北漂矣,对余备致关切,令人感慨久之,由是而订交焉。黎明淳良朴厚,重情有义,以编辑出版有品位之图书为职志,十分敬业。曾主动责编余之《红紫芳菲——诗词经典导读》,以及余与原香港中文大学教授黄维樑合著之《壮丽余光中》一书,均为余所始料不及也,是谓意外之喜。黎明正当盛年,长驻京华,余寄迹长沙,已老于江畔,谨赋四绝以记前尘旧梦并寄怀想之情。

一

识君君正艳阳天,我已微霜向老年。
本是浮萍各分散,京华信结此生缘。

二

京郊栖处旧楼台,携手黎明上数回。
楚水燕山千万里,不辞道远梦中来。

三

秋枫依旧昔时红,二十年长送惠风。
红紫芳菲春意重,复看壮丽赞光中。

四

万人如海喜相逢,地北天南若比邻。
暮色苍茫头白日,令人长忆李黎明。

二〇一七年

赠吴艳红

吴艳红女史,中华书局之年轻编辑也。拙著《诗国神游——古典诗词现代读本》之原编辑先后离职,书稿搁置无人接手,相当于"烂尾楼工程"矣。艳红偶然见到后主动继此未竟之业,后复做余增补六万余字未能"齐、清、定"之《唐诗分类品赏》责编,备极辛劳。她不仅精心编辑,而且组织评文并亲自撰文宣传,热诚敬业。余之后方知其为北京师范大学美学专业硕士,故以师妹称之,并强令其亦以"老师兄"称我。无以为报,赠以二绝,每首均嵌入其艳而且红之芳名,第二首后两句原本为书赠她的贺联,为赠诗能成双作对而具美学上所云对称美之故,乃足成一绝也。

一

茫茫书海感相逢,烂尾工程费事功。
"浓绿万枝红一点",半山好句艳心中。

二

有缘同列一黉门,试赋芳名赠好风:
春在百花枝上艳,秋于万树果中红。

二〇一六年

赠建生

雷建生君,余青少年时代湖南省第一师范同窗好友也。数十年来虽山长水远,但两心相通,江湖相忆。雷君任名校石门一中校长有年,乃著名的语文教育专家,作育桃李无数,笃于友情,长于吟咏,有《诗美石门》诗集行世。其《浣溪沙·赠学友》曾有"湘水湖波岁月悠,相携同上木兰舟,扬帆沧海不言愁"之语,《秋雨夜感寄元洛》有云:"夜雨敲窗梦亦寒,枕边岁月漫云烟,桩桩往事蹙眉尖。 花落花开都错过,月圆月缺共谁妍?恨难再买少年单!"忆往抚今,豪语悲词,诵之五内如沸,百感交迸也!

一

麓山年少幸同窗,沧海曾经血未凉。
话旧夜深嫌烛短,声声点亮旧时光。

二

天南地北两分驰,赋得沧桑百感诗。
好是人生一乐也,白头同忆少年时。

三

六十年华付逝川,青春失踪去谁边?
莫言恨乏回程票,倒数流光即少年!

二〇二〇年五月

赠范亦豪兄

范亦豪君，余北师大中文系学长，同侪中之才子与美男子也，现为南开大学教授，老舍研究专家。他一九五七年蒙难，发配青海祁连山牧牛，艰苦备尝，其恋人同班同学王世樵君，有人品与颜值俱胜之美誉，毅然拒绝种种威逼利诱，弃掷辽宁大学中文系教职，万里迢迢从沈阳市前来君不见之青海头，与他相濡以沫，共苦同艰。余一九六二年八月调离青海返乡之时，正值范君前来西宁迎候给他二度生命的女神。二〇一四年，范君之回忆录《命运变奏曲：我的个人当代史》于人民文学出版社印出，个人的前尘旧梦尽在其中，而时代的风云变幻亦可见一斑也。

一

玉树临风意气豪,网罗暗布岂能逃?
华年尽付东流水,信史回眸记暮朝。

二

祁连山上牧晨昏,九死余生足苦辛。
幸有恋人同患难,漫天风雪酿阳春。

三

看惯惊涛与怒潮,栏杆拍遍雨潇潇。
书生意气今如昨,犹是当年范亦豪!

二〇一五年

赠彭浩荡兄

彭浩荡君，余北师大中文系学长也，在校时即以诗创作与诗朗诵闻名。一九五六年岁末，北京"迎春诗会"在团中央大礼堂举行，诗坛名家云集，主持人为臧克家先生。彭君少年气盛，竟主动要求上台朗诵自己的诗作《我们的》，歌颂长春第一汽车制造厂以所造我国第一辆"解放"牌汽车向国庆献礼，该诗次年收入北京出版社出版之《北京的诗》。不久风暴忽来，浩荡未能幸免于难，及至星回斗转，已人到中年。但他童心依旧，豪情如昔，常自费外出至矿井、田间、医院、学校等处巡回朗诵，不取任何报酬馈赠，所谓不改其赤子之心者也，《湖南日报》曾发文称其为"行吟诗人"。有《对十二位巫女的祈求》《百家文库·彭浩荡卷》诗集行世，作品被选入《大陆当代诗选》（台湾尔雅出版社），《新诗三百首一九一七——一九九五》（台湾九歌出版社）等选本。

一

犹记青春浩荡君,京华诗会气凌云。
一朝铩羽云天坠,歌哭江湖数十春。

二

何须泽畔始行吟?听众欢声便是春。
少见世间真赤子,只燃热血祭诗神。

三

无情最是那时光,偷走青丝换白霜。
唯有诗心偷不走,高歌依旧少年郎!

二〇一四年

赠惠民

苏州大学曹惠民教授，台港与海外华文文学专家，博士生导师，有《多元共生的现代中华文学》《他者的声音》《台港澳文学教程新编》等多部专著行世。曹君乃予北京师范大学中文系同门学弟也，一九九一年初识于广东省中山市有关会议期间，后复聚于北京、苏州、香港等地。他不唯著作丰赡，是大陆最早研究台港澳与海外华文文学的领军人物之一，而且人品敦厚，笃于情义，多愁善感，予美称其为"曹公子"焉，意在其当为曹雪芹之苗裔也。

一

中山初识曹公子，师大同门忆旧踪。
夜话昔年多少事，舌花灿烂烛花红。

二

携手同游图画里，钟声依旧到船坞。
请君问讯枫桥水，还记当年合影无？

二〇二〇年四月

赠瑞郴志萍伉俪

郴州为秦观《踏莎行·郴州旅舍》吟咏之胜地,籍贯郴州之梁瑞郴兄,予湖南作家协会之同事兼挚友也,为人厚道勤谨,品性淳良,学力、才力兼具,现为文学创作一级,湖南散文学会会长,湖南作家书画院院长,有《雾谷》《秦时水》《欧行散记》等散文集行世。夫人陈志萍女士籍属宁乡,工作敬业,乐于助人,与内子相交甚厚。尤可珍者,瑞郴夫妇之公子与我之孙子情谊亦深,旧时此之谓世交也。感怀无已,谨赠二绝。

一

郴州胜地诵名篇,籍属宁乡亦有缘。
难得一言真九鼎,寸心月月复年年。

二

萍水相逢聚一堂,双双援手岂相忘?
人情冷暖曾勘遍,两代芬芳一炷香。

二〇一四年

赠柳思维傅明玉伉俪

余二十世纪六十年代中期执教于湖南省湘阴县一中,柳思维乃语文课代表,其作文余有"革命激情如江河洋溢,文采斐然似孔雀开屏"之批语。柳生一九六五年高中毕业,考入中国人民大学财政贸易系。一九八五年余偕内子缇萦自张家界返长沙,于月台和其巧遇,睽违二十年光,笑谈恍如一梦。柳君现为湖南工商大学荣誉一级教授、全国优秀教师、知名经济学家、湖南文史研究馆馆员,此前曾任湖南省政府三届参事。尤可称羡者,他大学毕业后于湘西工作时命途多舛,其同事傅明玉慧眼识珠于患难并草野之中,傅颜值、品格与才能兼胜,人皆笑言专业为经济之柳君"大赚"焉。

一

汝正青春余壮岁,良缘萍聚楚江滨。
当年批语君犹记:文采斐然雀展屏。

二

沧桑逝水不知年,一别江湖两杳然。
邂逅月台如梦寐,分明旧雨续新缘。

三

君已成名经济界,华冠无数亦平常。
夫人幸得贤明玉,大赚人生福泽长。

二〇二〇年六月

赠李如山女史

二十世纪六十年代,予执教语文于湖南湘阴一中。李如山乃予之及门授业弟子,品行端方,成绩优秀,其作文尤佳,常被讲评并传观。她虽有"如山"之阳刚大名,却性格文静,乃蕙质兰心而生不逢辰之弱女子也。一九六五年高中毕业,因受时势之累,不得大学之门而入,遂江湖沦落,艰苦与屈辱备尝之矣。半个多世纪我们未通音问,不久前忽由其同学传来问候之微信,复赠以沸水中三起三落之特级名茶君山银针,并言"略表迟到的歉意"云云。知其自强不息,在改革开放伊始即否极泰来,后任岳阳市一重点小学之校长,近况亦称安好,儿孙皆为俊彦,闻之深以为慰。抚今追昔,有感于中而回赠四章焉。

一

白浪如山那可渡?①中原北望气如山。②
豪名弱质无豪兴,犹记如山静若兰。

二

嘉文秀出每传观,只待蟾宫折桂看。
生不逢辰天不问,江湖沦落有谁怜?

三

握别黉门六十年,③中间消息两茫然。④
忽传微信非青鸟,⑤磁电波长续断缘。⑥

四

君山茶最银针好,弱水浮沉忆昔年。⑦
晚岁良辰须细品,一盏烹暖落霞天!⑧

二〇二〇年七月

①李白《横江词六首》:"白浪如山那可渡,狂风愁煞峭帆人。"
②陆游《书愤五首·其一》:"早岁那知世事艰,中原北望气如山。"
③黉门:学校校门。
④杜甫《送路六侍御入朝》:"童稚情亲四十年,中间消息两茫然。"
⑤青鸟:神话传说中为王母取食传信之神鸟,后为信史之代称。
⑥磁电波:为"电磁波"之倒装,因此句第二字韵位必用仄声字也。
⑦弱水:弱水一词多义,此指险恶难渡之河海。
⑧烹:煎也,煮也。旧指文人之文字工作为"煮字烹词"或"煮字疗饥",此指泡茶或煮茶。

赠韩复华学棣

复华君，亦为当年湘阴一中之弟子也，喜爱语文，好学不倦，诚笃重义，尊师有加。我居长沙，他栖益阳，半个多世纪亦未曾相忘于江湖，常相过从。谨赠二绝，以记历久而弥新之昔谊今情也。

一

相逢君正读书郎，我亦华年意气扬。
绿暗红稀惊岁晚，且留夕照当朝阳。

二

花样年华寸寸长,霜风苦雨怎相忘?
老来幸有秋空月,半照长沙半益阳。

二〇二〇年十月

赠梅实

余二十世纪七十年代中期,执教于岳阳师专中文系,梅实乃余之及门弟子。他执弟子礼甚恭,且热衷于文学创作,师生之情复兼朋友之谊,遂数十年以至如今。他系文学创作一级,擅散文与小说,出版著作多部,尤以戏剧与影视文学见长,新编历史剧《弃花翎》一九九七年曾获文化部第七届文华剧作奖。一九九九年获全国文化系统先进工作者称号。

萍聚南湖卅五年,并非似梦复如烟。
今朝喜奏梅花曲,曲奏梅花洛水缘。

二〇〇九年

赠段华

段华君,文学创作之多面手也,戏剧、影视、诗歌、散文、报告文学等无所不窥而均有佳构,作品获全国性与省级奖甚多,滋兰树蕙,栽桃育李,于文教事业亦多有贡献。余二十世纪七十年代任教岳阳师专中文系时,其为艺术系之高才生,得以相识,后因文学而订交数十年,余与其为半师半友也。段君能歌善舞,擅长多种乐器,斋名为"六耳斋",意为其文学艺术之交响曲需六耳而听乎?

秋水南湖美少年,如烟往事未如烟。
腾蛟起凤看今日,六耳斋中听管弦。

二〇〇九年

赠余三定

　　余三定君，余二十世纪七十年代中执教岳阳师专中文系之弟子，后为二级教授，全国模范教师，当代学术史家，湖南省文艺评论家协会主席，湖南文学学会副会长。他乐于攻读，勤于著述，有《含英咀华——古代小说艺术探奥》《古代文论百家》《文艺湘军百家文库——余三定卷》等多部著作行世，并与夫人朱平珍教授以历年之积蓄，于岳阳城南湖之滨建成楼高四层之"南湖藏书楼"，为当代罕见之私家藏书楼也。一湖清风明月，满楼典籍书香，余曾作联语以贺，复赠以二诗焉。

一

高第华庭何足道?黄金珠宝更休崇。
我言三定真豪贵,十万藏书此栋中。

二

巴陵城外南湖水,李白秋歌句有神。
夜半读书君警醒:诗仙乘醉欲敲门。

二〇二〇年七月

附:李白《游洞庭湖五首·其二》

南湖秋水夜无烟,耐可乘流直上天。
且就洞庭赊月色,将船买酒白云边。

赠孟芳

　　杨孟芳君,岳阳资深诗人也,为余之半友人半学生,擅书法,尤倾心并见长于诗,有《红地毯》《回望故乡》等诗集行世。其诗多为生活气息浓郁之尺幅小品,感情真挚,构思精巧,语言简练,明朗而耐读,既不因循守旧而老套,亦不跟风趋时而新潮。其《故乡》曾入选上海之中学语文课本。二十世纪八十年代中期,余曾以《洞庭湖边的芦笛》为题,评说其诗集《乡野之歌》,赞其为"乡土的内涵,美声的唱法"。日月不居,尔来已有三十余年矣。

初闻姓字误红妆,相见原来白面郎。
忆昔诵君诗卷好,至今口颊有余芳!

二〇二〇年七月

赠龚敏龙

"沅有芷兮澧有兰",龚敏龙君,澧水流域之常德石门县人氏。历经坎坷而有志于学,酷爱文史与写作,多有文章问世。十余年前,他已年逾不惑而欲进湖南省作协所举办之中青年作家班,余感其诚,向主事者梁瑞郴兄力荐,龚生遂如愿以偿。龚勤奋好学且热心班务,同侪无论男生女生,均以谐音之"老龚(公)"相称。因其为人朴实纯厚,待人以诚,又自云余之铁杆粉丝,读余之芜著十分用心且颇有会心,乃为忘年之交焉。

一

学院新添老学童,敏龙为字姓为龚。
乐于公务苦于学,男女同窗唤老公。

二

平生意气喜相投,拙著忝为案上俦。
君子之交如澧水,流将百岁与千秋!

二〇一八年

赠刘绍英

刘绍英,常德津市人,澧水世代船民之苗裔也。善文嗜酒,为湘中别具特色与建树之女作家,有长篇小说《水族》与散文集《苇叶青青》等行世,曾为常德市作家协会副主席。其在湖南作家协会之中青年作家班进修时,余曾以"唐诗与现代"为题授课,蒙其作文以赞,回赠二绝,权当薄酒两杯焉。

一

沅芷澧兰香草春,九歌遗韵袅河津。
昔年水族今何在?苇叶青青赞绍英。

二

童年摇荡水中央,摇得眸光胜水光。
最是兴来频醉酒,酒乡错当水家乡!

二○一九年

题章雪芳所摄家乡塘头村美景

章雪芳女史,籍贯为人文荟萃之历史文化名城浙江临海,现居宁波。诗人,声誉日隆的"民间小楼听雨诗词"平台创始人兼主编。热心诗事,广结诗友,于繁重的本职工作复加业余的编务之余,始偶尔拨冗创作,为当代传统诗词创作之传布与繁荣竭尽心力,功不可没焉。

青峰挽臂若连环,守护山村碧玉湾。
最喜行云不忍去,水中浣洗白裙衫。

二〇一八年

和章雪芳《高铁回乡即景》

人间四月绣花天,油菜花开景更妍。
榜上富豪谁可比?黄金铺到白云边!

附:章雪芳《高铁回乡即景》

雨收四月绿浮天,多事菜花争斗妍。
一水一山方入目,黄金已铺到门前。

二〇一八年

赠娄珮蕾女史

余一九五六年负笈北师大中文系，为郭沫若题名的中文系铅印文学刊物《蓓蕾》诗歌组编辑，其时北京大学中文系文学刊物名为《红楼》，尔来已六十余年矣。庚子春日，忽接娄珮蕾女史电，欲为余出版诗文化散文选《写着写着几千年》及古典诗词赏读《千年至美莫如诗》二书。夕阳在山，霞光向晚，素昧平生，盛情可感，谨赋一绝以谢与"蓓蕾"谐音之珮蕾焉。

忆昔风华似蓓蕾，少年心事早成灰。
忽传云外珮蕾信，催放春花送落晖。

二〇二〇年春

题珮蕾小公子晗宇街舞故宫照

帝王一怒万方惊,警跸森严紫禁城。
童子不知人世换,喜将街舞蹦宫廷。

二〇二一年

赠刘平女史

刘平女史,素所不识。近日其密友娄珮蕾忽与余联系,拟联手出版与古典诗词欣赏诠释之有关拙著二册,并远赠产于其夫君家乡黄海之滨之日照绿茶以致意。品饮佳茗,答以俚句。

绿茶日照大洋边,快递清芬满信笺。
莫道杯中天地小,浅斟海浪欲滔天。

二〇二〇年春

再赠刘平

刘平女史在访台期间,经过台北市之九歌出版社,购得该社所印拙著《新编今读唐诗三百首》,青睐有加,乃欲出版有关拙著。数日前,与珮蕾联袂赴长沙相见又言别。

纸上相逢在九歌,感君慧眼识经过。
长沙短聚长挥手,北祝佳人佳讯多。

二〇二一年

赠马立明君

马立明君,株洲高尚士也。曾任职《株洲日报》文艺副刊记者、主任编辑。作家、画家、书法家,篆刻亦卓然成家,尤其人品淳厚,即之也温。予二十一世纪初与其相识于同赴之黔中之会,后复于湘中之长沙株洲等地数度小聚,令人如坐春风。近复承刻名章与闲章各数枚相赠,寸心铭感。倾盖如故,白首相知,君子之交,此之谓乎?谨赋二诗以赠。

一

人生到处若漂萍,喜识株洲马立明。
廿载黔湘一握手,至今兰芷送芳馨。

二

腹有诗书气自华,书龙画凤笔生花。
奏刀镌尽三千石,刻亮星辰与早霞!

二〇〇一年早春

赠欧阳惠予

湖南平江县幕阜山下南江镇欧阳惠予君，中国书法家协会会员，岳阳市书法家协会副主席，湘中名书家也，各体皆工。予甚喜其书法，尤其草书，曾托孟芳转请草书拙绝句二幅相赐。投桃报李，谨作一绝回赠焉。

草书怀素久知名，幕阜欧阳继有声。
怪道晴窗方展卷，惊飞风雨走雷霆！

二〇一八年

次韵何琼华《春游巴溪洲》

何琼华，弟子余三定君之弟子也，中文学士，教育硕士，中学语文高级教师。对余亦执弟子礼，余不懂电脑等现代科技，其于文稿处理方面襄助甚多。余三定等友人为余贺八十之寿，琼华作贺诗以赠，次韵答之。

初访巴溪燕语娇，柳丝春雨细如毫。
琼华赠我珠玑句，不羡瑶池万寿桃。

附：何琼华《春游巴溪洲·陪侍寿星李元洛先生》

春到巴溪绿水娇，君来雨喜似挥毫。
红苞朵朵迎人语：夏日汀洲献寿桃！

二〇一六年

无题有赠①

一

相逢正是艳阳天,风雨江湖讯渺然。
夏已早秋冬已晚,孤灯影里忆华年。

二

参商人事岂曾忘?雪片无言柳叶黄。
明月忽传云外信,行行新写旧时光。

三

长憾春光未浅尝,心惊岁月已苍茫。
唯有美言醇胜酒,年深笑靥更芬芳。

四

邂逅当年日欲斜,重逢落照向天涯。
因君好语相留驻,一笑回眸学早霞。

五

流光廿载何方觅?疑在今宵一握中。
短聚匆匆长话别,天涯回首两飞蓬。

二〇一八年

①本组诗戏仿李商隐体。

第四辑

赠内 伤逝

少年游赠内

一九五六年寒假,余在湖南省第一师范毕业前夕半年,校方组织学生去望城县(现望城区)沱沙乡宣传义务兵役制,为时半月。同行者为同一年级同学三十余人,遂与段缇萦相识。回程时定于午夜后出发,步行十五华里去湘江之畔搭乘客轮返长。风雪交加,乡路泥泞,我们相约偕行,冰天雪地而青春如火,不知行路难而但愿路无尽头也。返校后,周末常去烈士公园湖边亭前小聚,于月上柳梢、人约黄昏之后。第一师范校址在长沙城南妙高峰下,缇萦是校舞蹈队队员,曾演民歌《十大姐》中之二姐,歌词有云:"二姐生得那个脸儿红,脸儿红得像芙蓉。芙蓉那个怕被哥看见,半边藏在绿叶中。"六十年逝水年华,往事历历如昨日,谨作《少年游》四首以记以赠。

一

多少云烟过眼休，至今最忆少年游。
雪程水驿相携夜，但愿天为路尽头。

二

风雨同行六十年，至今犹忆碧湖边。
多情最是当时月，仍在依依柳叶间。

三

久别青春何处寻？至今长忆妙高峰。
轻歌曼舞留人醉，一朵芙蓉出水中。

四

半世韶光逐水流,至今永忆少年游。
人生何事堪珍惜?地久天长共白头!

二〇一四年

赠内

一

忆昔风饕雪虐天,相扶度日日如年。
而今晚景堪怜惜,月满中天花满园。

二

青丝倏忽白盈颠,剪水秋波已黯然。
我心自有回春术:长忆红颜丽昔年!

二〇一五年

伤逝

第三首为集句，依次为韦应物《寄李儋元锡》、纳兰性德《摊破浣溪沙·林下荒苔道韫家》、白居易《长恨歌》、刘半农《教我如何不想她》。

一

夜话昨宵犹好语，今晨长恸魄魂遐。
雷轰电击苍天暗，教我如何不想她！

二

携手青春思往日，一朝永别各天涯。
他生未卜今生尽，教我如何不想她！

三

世事茫茫难自料,一宵冷雨葬名花。
天长地久有时尽,教我如何不想她!

　　　　二〇一六年十一月十八日夜

祭内

题内子大学时岳麓山爱晚亭小照

美如昨日枫林艳,凋落今朝忽作尘。
花落不能重上树,世间何处再逢君?

一月祭

> 内子逝世一月,于公园旧游之地祭扫。

青春夜话小亭前,杨柳梢头月正圆。
今日焚香来祭拜,华年寸寸尽成烟!

岁末祭

香烟袅袅烛光新,岁末招魂日已曛。
他日乘风天上去,知君天上候归人。

清明祭

春花秋月两相催,只恨韶光唤不回。
半世欢声兼笑语,那堪竟化半坛灰!

中秋祭

共度中秋六十年,相怜相守月圆天。
我君去后中秋月,月到中秋再不圆!

雨夜祭

独对孤灯夜不眠,秋波笑靥已成烟。
眼中泪共窗前雨,湿透相思为断弦。

梦回祭

情天恨海欲何之?人世西方两不知。
梦想重逢唯有梦,最难夜半梦回时。

三周年祭

凄凄一别已三年,碧落人间两杳然。
唯有旧时明月在,新愁写满断肠天!

祭悟空

内子为佛家居士,法号悟空。

秀慧红颜号悟空,缘何法号与空通?
君已悟空归去也,剩我空空泪眼中!

二〇一六年至二〇二〇年

月湖忆内

长沙城郊月湖公园,乃我与内子廿年前旧游之地。今日应邀重到,不胜物是人非之感。

一

故人邀我月湖游,桃李樱花笑未休。
昔日同来君不再,三春风物冷于秋。

二

廿年前赴月湖游,携手寻春笑语稠。
今日重来人已杳,欲传书信倩谁邮?

三

晚春重到月湖游,细雨如丝纺客愁。
人似落花春去也,寂天寞地两悠悠。

四

余生不再月湖游,波想眸光水想柔。
君去随风归上界,难堪独我忆从头!

二〇一七年

五周年忆内

一

老来最忆少年时,时在春花初绽枝。
转瞬春归花已谢,少年情事欲温迟。

二

老来苦忆少时光,共喜人间日月长。
日月不知何处去?人间难再少时双。

三

老来长忆少时君,眸胜秋波笑胜春。
巧笑秋波均已杳,春光愁煞老来人。

四

少年今是老来人,五载愁城白发新。
今世重逢唯有梦,梦回白发更伤神!

二〇二一年十一月

下编　对联

第五辑

题赠之什

湖南郴州东江湖揖石轩联

揖石轩建于东江湖畔,背山面水。此为余之"处女联"也,家严书之,悬于轩门之左右。

揖石轩轩窗揖千环翠碧,
兜率寺寺门兜一捧汪洋。

一九八六年

岳阳楼新广场水榭联

胜日赏湖山,邀李谪仙把酒高歌,不论春夏秋冬,
八百里风涛浩浩都来怀袖;
清宵临水榭,约杜工部凭栏远望,何分东南西北,
千万家灯火荧荧齐亮心扉。

二〇〇八年

端午新联

中国诗坛第一人,但推屈子;
两间遗泽无双地,唯有汨罗。

万乘兵车,秦皇霸业,经十五年即已烟消火冷;
一枝椽笔,屈子诗骚,历百千载仍然霞蔚云蒸。

万古不磨,洞庭波兮木叶纷飞云梦泽;①
千秋传诵,蓝墨水欤上游只属汨罗江。②

谁轻言：两千年天风猎猎，把先贤后哲都吹入历史；

我重听：五百里江水泱泱，将往烈遗贞仍唱到今朝。

　　　　　二〇一七年初稿
　　　　　二〇二〇年订正

①屈原《九歌·湘夫人》："袅袅兮秋风，洞庭波兮木叶下。"
②余光中《诗魂在南方》一文中语："蓝墨水的上游是汨罗江。"

宜昌市三峡大学联①

大学和三峡同壮丽,
书声与江韵共悠长。

①二〇一〇年,余光中、流沙河及予被邀参加秭归县之端午祭屈,归途余光中于三峡大学演讲,流沙河与我陪同诵诗。参观校园时题词,余光中题辞"问渠那得清如许?为有大江活水来",流沙河题联语"正当花朵年龄,君须有志;又见三更灯火,我已无缘",予题联如上。

岳阳余三定南湖藏书楼联

湖平堪作砚,豪挥万字;
楼阔好藏书,气压百城。

二〇一〇年

北京小众书坊联

三百丈红尘,莫侵这大家庭院;
五千年文脉,来润此小众书坊。

半亩庭庑,览大千世界;
九天星月,临小众书坊。

柏月松风,小众书坊至少可期一百岁;
琴声歌韵,大家翰墨先行庆贺两周年。

二〇一七年

李斌小院联

好鸟歌春,一庭盈盈生意;
名花弄月,四季蔼蔼和风。

湘阴蔡世平南园读书楼联

门对青山,诗韵悠扬松韵里;
楼开绿野,书声清亮鸟声中。

二〇一九年

南岳衡山新建白云寺联

白云自何处飞来,峻极衡山,新降祥云一朵;
佛寺从此间矗立,清澄湘水,长歌宝寺千秋。

二〇一八年

浙江桐乡市图书新馆联

百万卷文苑英华,室列珠玑,图书馆开新世界;
亿兆年江山信美,花罗锦绣,桐乡市庆艳阳天。

二〇一九年

赠上海罗达成君联①

卅六年逝水流波,鼓浪屿涛声至今依旧;
两千里遥山远岭,君子交友谊于此长铭。

二〇一六年

① 罗达成兄,报告文学名家,海内名刊上海《文汇月刊》副主编。一九八〇年我们在福州有关文学研讨会上相识,复于厦门同住一室,同游鼓浪屿而同于日光岩高声朗诵郭小川之诗,彼此从未相忘于江湖,订交至今已近四十年矣。

赠岳阳钟兴永君半书斋联①

书山有路,行到中途方是半;
学海无涯,安居湖畔且为斋。

二〇一一年

①钟兴永君,湖南理工学院教授,岳阳市历史学会会长,其半书斋坐落于巴陵城南南湖之畔,拙联将斋名嵌于其中。

赠岳阳李辉模君联①

耀彩辉光,奇人出草根,多艺多才,笔舞墨歌天下少;
范山模水,俊士居坛上,清心清迹,风高气正世间珍。

①李辉模君,湖南平江县南江镇人,出身草野,自学成家,享誉湖湘之文坛艺苑。才华横溢,有文分四卷之《李辉模作品集》(楹联诗词、小小说散文、章回传奇、书法墨艺)行世。

长铁一中高考考场联

铁马金戈,赴试楚男儿,揽辔长怀天下志;
中流桂桨,临场湘女子,扬帆远济白云边。

二〇一六年

长铁一中六十周年校庆联

六秩嘉年华,播雨耕云,为栋为梁,共庆这新秋胜日;
八方众弟子,腾龙起凤,且歌且舞,同温那旧岁弦歌。

二〇一八年

贺张勇耀君赴皖读博联①

勇冠三军,铁马金戈,健笔一支歌北狩;
耀辉四域,蟾宫秋桂,好风万里赋南征。

二〇一九年

①张勇耀君一九九六年毕业于山西师范大学中文系,事业有成,出版著作多部,任《名作欣赏》杂志副总编辑。她志存高远,趣在攻书,冀综百代之典,成一家之言。在坐四望五之年,竟考入安徽师范大学攻读古典文学博士。诚可喜可贺也!

赠岳阳司小丽联①

捉影捕风,巧手一双写照,且看北国柔荑手;
雕龙镂凤,灵心七窍传神,更赏江南静女心。

剪夏剪秋,剪出春光花世界;
裁星裁月,裁成锦绣艳阳天。

采缕晴光,撷朵花光,剪千张姹紫嫣红,司衡这春朝艳丽;
留张云影,存幅帆影,裁万卷锦天绣地,管领那夏日繁华。

二〇一七年

① 司小丽，甘肃人氏，负笈岳阳，湖南理工学院美术与设计学院毕业，品学兼优，秀外慧中。之后艰苦创业，发愤自厉，现卓然而成年轻一代之剪纸艺术家,湖南省劳动模范。

赠沈继安大河书院院门联①

院后青山,好守护这福地书香文脉;
门前绿水,当邀留那高天云影霞光。

①沈继安,余之半友人半学生也,文学创作一级,以小说与散文创作见长,有多部著作行世。退休后拟于家乡祖居原址建大河书院,余为其预作此门联焉。

赠李梦溪女史联①

摘万朵星光,在仲夏夜织成绮梦;
挹千秋泉脉,于艳阳天汇作花溪。

二〇二二年三月

①李梦溪女史,北方有佳人,南国作编辑,虽有文字之缘,却无一面之雅。去岁末忽来函询我有无新旧著作可印,予答以《诗美学》等五本拙著均已到期。原不存奢望,不意全部为其供职之出版社顺利通过,决定新版印行。溪者,山中与原野之流水也,饮水思源,喜赋一联以赠。

第六辑

园 林 之 篇

187 — 206

山水缘

峰翠湖清似绘,佳境期高手来绘成山水画;
莺啼燕语如歌,胜迹待骚人去歌就乐园诗。

湖岛观

景好在湖边,魏紫约姚黄,联袂妆成花世界;
楼高于岛上,光星邀朗月,一同演出水中天。

明湖阁

高阁耸重霄,满眼风光宜更上;
明湖开玉镜,从头清景请登临。

湖心亭

剪来一幅秋波,画艇且撑半湖明月去;
裁出满堤春色,嘉朋请赏四季好花开。

长廊

一

婉若游龙,天上游龙行地上;
恍如仙境,梦中仙境幻园中。

二

碧沼观鱼,添得几分野趣;
长廊临水,借来半眼秋波。

三

霞光戏水光,如此廊桥岂无遗梦;
月影弄花影,这般胜境何必游仙。

六角小亭

六角小亭,亭亭玉立;
双翎乳燕,燕燕于飞。

半亭

半壁闲亭,百忙中品不圆的别趣;
一轮明月,千界里温已缺之幽情。

半喜亭

一

好花半开,人生半喜;
盛气易损,满月易亏。

二

月满则亏,一生何妨只半喜;
盛气易损,三立当应竟全功。

花水情

绿意红情,眼下闹四时花烂漫;
尺波片渚,胸中纳万顷水汪洋。

桃源居

闭门即是深山,谁说闹中无静境;
安居乃为乐土,何疑世上有桃源。

美佳园

品月听香,此间是人境中清凉地;
观星读画,斯处乃车马外美佳园。

清华苑

滚滚红尘，此苑内竟有林和靖暗香疏影；
喧喧闹市，斯园中岂无苏东坡明月清风。

水竹榭

采采流水,我说鸣琴花影,似奏晨光曲;
蓬蓬远春,谁言空翠良宵,疑闻龙一吟。

养心斋

将人声车声喧嚣声,一齐关在门外;
把鸟语花语流水语,同时养在心头。

品茗馆

暑至斗茶,去热可通香雪海;
寒来评水,生温当有碧螺春。

临池茶轩

春日烹茶,且酌且斟,斟出园内白红花世界;
秋宵煮茗,亦评亦品,品来池中星月水晶宫。

花径

虚席以待,花径不曾缘客扫;
宾至如归,蓬门今始为君开。

百花苑

画笔同挥,挽满苑春光同入画;
诗情独领,品一泓秋水独宜诗。

第七辑

吊 挽 之 章

207 — 214

挽李汝伦兄

青年蒙难,晚岁罹艰,霜剑风刀,一身傲骨。且挥金管写春秋,更将铁笔诛顽丑;堂堂之阵,正正之旗,放眼文坛稀有汝。

云梦订交,羊城把酒,高山流水,卅载知音。忽尔雄才归碧落,长留诗赋耀人间;寂寂也情,凄凄也意,环观宇内更无伦!

二〇一〇年

挽刘金声先生联[1]

前在政坛,后在学林,征程跨两世纪,清风出袖,明月入怀,湘水湖涛,应高歌先生德范;
始为领导,复为知己,相交越四十年,岳地嘘寒,星沙问暖,黄钟大吕,当永记兄长金声。

二〇一四年

[1] 刘金声先生,湖南临湘人。为人正派清廉,从政嘉声远播。余早识而未有深交,后承先生数次予以援手,拯余于困厄之中,实出意外,遂成知己。君子施恩不念,余应受惠不忘也。

悼余光中兄联

九十华英,绣口锦心,五彩笔挥之,霞蔚云蒸,赢得文名传宇宙;
卅年文谊,高山流水,伯牙琴已矣,海宽浪阔,惟凭明月吊光中!

二〇一八年

挽流沙河兄联

八八高龄,历劫经磨,善庆福缘,撒手去天堂,世上已无余勋坦;
皇皇论著,敲金戛玉,奇才妙墨,遗泽于文苑,人间长有流沙河!

二〇一九年

悼香港作家陶然学弟联

北师大曾有幸同门,把袂时我已届早秋,喜看彩笔频挥,四十卷里尽珠玑,香港文坛歌学弟;
己亥年传无情噩耗,登仙际君并非晚岁,悲听玉筝弦断,千里路外为湘楚,长沙苦雨哭陶然。

二〇一九年

挽熊楚剑兄联

秋桂若清名,冬松如健笔,政声诗誉,人歌楚剑;
湖波滋涸辙,恩泽润家门,厚地高天,我哭仁兄!

二〇二一年秋

后记

流光容易把人抛。恍惚只是转瞬之间,人生便已到了暮色苍茫的时分。聊以自慰的是,我是在虎年伊始的春节写这篇后记,雪花飘飘中,爆竹声声里,蓦然回首,瞻望前途,耳边似乎还真传来几声千山的虎啸。

不薄新诗爱旧诗。自孩提时代起至今大半生和诗相近相亲,不离不弃,我对它的真情挚爱的表达大约是"四管齐下":一是新诗的评论与探讨,如《诗卷长留天地间——论郭小川的诗》《写给缪斯的情书——台港与海外新诗欣赏》《李元洛文学评论选》("中国当代文学评论丛书"之一);一是古典诗词的欣赏与求索,如《诗国神游——古典诗词现代读本》《唐诗分类品赏》《一日一诗》;一是诗歌理论的研究与建构,我的诗歌理论,除了散见于其他类别的有关论著外,主要集中在海峡两岸多次再版印行的近六十万言之《诗美学》一书;一是所谓"诗文化散文"的创建与写作，如自成系列的《唐诗之旅》《宋词之旅》《元曲之旅》《清诗之旅》以及《绝句之旅》。以上简述，是大半生烹词煮字之成果的小结，从一年一度而言，相当于耕耘者的年终盘点。不过，在夕阳无限好之中，居然还将冒出一册《夕彩早霞集》，收录了我晚近所写的绝句与对联，并且还要为它的问世写一篇后记，这可谓是无心插柳柳成荫，或者说，是我的写作生涯出乎意料的额外的"花红"。

我从小小少年时起即能和诗特别是古典诗歌结缘，源于家严李伏波先生。他是颇具根柢的书法家和很有才情的诗词家，我感激他的言传身教，有幸于自己的耳濡目染。犹记抗战胜利后的一九四五年九月，回到长沙的我们渡湘江而西去岳麓山游览，大地虽然重光但满目依旧疮痍，在一座破庙前，读初小的我忽然诗兴大发，随口吟出"碧苔围宝座，佛面绕蛛丝"两句。这就是我的旧体诗的处女作了，但两句之后却迟迟难有下文，父亲说"围"与"绕"两字前者呆板后者不自然，可改为"侵"与"挂"，后两句则由他帮我续成了"全璧"："鼠啮禅房角，蝉鸣高树枝。"这，就成了我和父亲"合资经营"的诗的唯一产品。

数十年来我和诗缔结的是白首之盟，全赖父亲春风润物的启蒙，但由于种种原因，我却未能自觉继承他书法的余泽，更未想到去平平仄仄而承接他传统诗词创作的衣钵。

岳麓山上的那两句童稚之作，有如混沌初开时的泉眼，直到三十五年后才涌出几泓泉水，那就是我在一九八〇年初所作的《登张家界（二首）》，以及随后写成的《湖南郴州东江湖揖石轩联》。二十世纪八十年代之始，是历史新时期的发端，当时百废俱兴，我也已人到中年，寄希望于时代，欲鞭策于个人，故有此寓情于景意兴高扬之作。不过，浅尝辄止，泉水并未续涌为山溪，我还是忙于前述的四个方面的诗学项目，实在无暇也无心顾及旧体诗词的创作。同时，我总认为唐、宋、元是诗、词、曲这些民族文学样式的黄金时代，名家与大家辈出，佳作暨杰作如林，登峰造极，难以为继。而作为诗的支流别名楹联的对联，在明清两代乃至民初，也已彬彬大盛。总之，鸿篇杰构，胜句金言，前人之述备矣，它们为百代传诵，已经成为全民族永恒的集体记忆，今人当然还可有所继承、发展与创造，但区区如我，却实在不必去枉抛心力。

然而，天时地利，因缘际会，泉眼终于潺潺而汩汩，汇成了一弯小小的溪流，即这本集绝句与对联为一书的《夕彩早霞集》。二〇一〇年夏，早已退休而避暑于浏阳大围山中的我，忽然心血来潮作组诗《大围山诗草》，当时纯属有感而发，欲罢不能，选择的是我所情有独钟的七绝这一形式，自此正式发轫，以后于七绝与联语也就续有所作。不意《中华诗词》曾数次将拙诗、联评为当月佳作，并请高明之士点评，诗评名家袁忠岳教授也著文《出自肺腑，不由自主——读李元洛八首诗》，对《大围山诗草》的八首拙诗逐一美言评析，刊于《中华诗词》二〇一一年十二期。我昔日的学生、今天的知名词人蔡世平，不惮师不必贤于弟子，总是鼓励与鼓动有加，编辑家兼出版家彭明榜兄，数年来对拙作之成集出版关注殷切而乐于玉成，而我的诸多学生和友人也鼎力相助，于是诗与联之作终于成集印行，得以挽留少许永不回头的岁月和若干稍纵即逝的雪泥鸿爪，以及一介书生在宏大时代中的某些悲欢离合、心海波澜。对许多善待我的师友和读者，我唯有心怀感念与感激！

早在二十世纪的一九九八年岁末，我在《唐诗之旅》的自序中曾经写道："人生之旅，忽忽已到了向老之年，令我常常不禁蓦然回眸怆然回首，而这一卷《唐诗之旅》的夕彩，还能在一夜之间变为壮丽的早霞吗？"当时刚届六十，桑榆未晚，而今二十多年又已飞逝，人生有憾，岁月无情，恨不得挂长绳于青天，系此西飞之白日，且让我仍以当年楚人所具的浪漫幻梦，以"夕彩早霞集"作为这本诗联集的书名吧。

壬寅年立春之日

图书在版编目（CIP）数据

夕彩早霞集 / 李元洛著．－－石家庄：花山文艺出版社，2022.5

ISBN 978-7-5511-6154-1

Ⅰ.①夕… Ⅱ.①李… Ⅲ.①绝句－诗集－中国－当代②对联－作品集－中国－当代 Ⅳ.①I227.7 ②I269.7

中国版本图书馆CIP数据核字（2022）第073821号

书　　名：**夕彩早霞集**
　　　　　Xicai Zaoxia Ji
著　　者：李元洛

责任编辑：师　佳
装帧设计：孙　初　申　祺
美术编辑：胡彤亮
出版发行：花山文艺出版社（邮政编码：050061）
　　　　　（河北省石家庄市友谊北大街330号）
销售热线：0311-88643221
传　　真：0311-88643234
印　　刷：北京精彩世纪印刷科技有限公司
经　　销：新华书店
开　　本：889毫米×1194毫米　1/32
印　　张：7.75
字　　数：125千字
版　　次：2022年5月第1版
　　　　　2022年5月第1次印刷
书　　号：ISBN 978-7-5511-6154-1
定　　价：68.00元

（版权所有　翻印必究·印装有误　负责调换）